良寛の名歌百選

選・解説◉谷川敏朗

写　真◉小林新一

考古堂

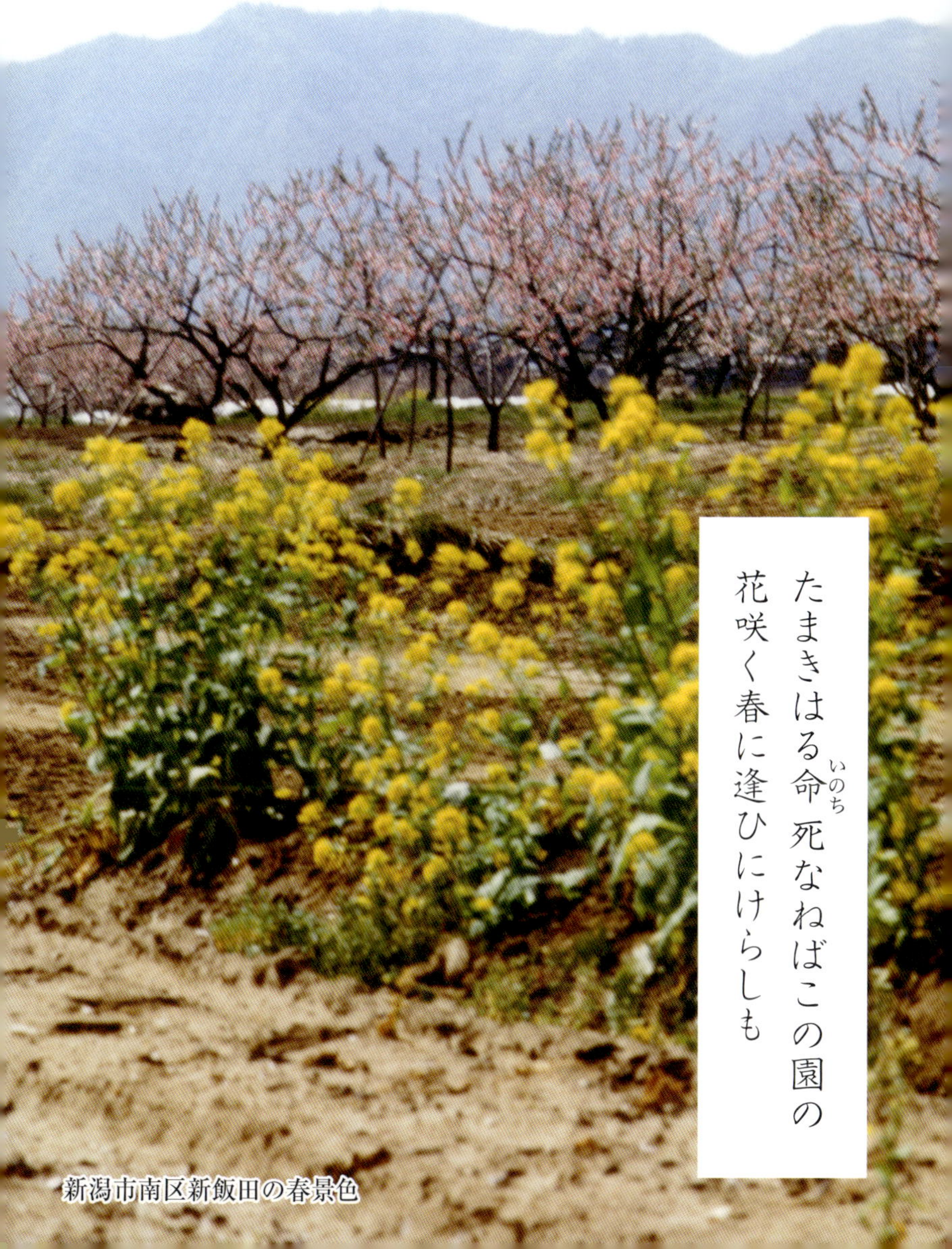
たまきはる命《いのち》 死なねばこの園の
花咲く春に逢ひにけらしも
新潟市南区新飯田の春景色

古《いにし》へに変はらぬものは荒磯海《ありそみ》と
向かひに見ゆる佐渡《さど》の島なり

良寛堂から日本海・佐渡を望む

つの国の高野《たかの》の奥のふる寺に
杉のしづくを聞きあかしつつ

津の国の高野の奥の古寺にやって来て、
杉の葉末からしたたり落ちる雨のしずくの音を
聞きながら、あれこれと思い、眠られぬままに夜を明かしたことよ。

※つの国――摂津の国。しかし「紀」の国の誤りか

高野山 金剛峯寺

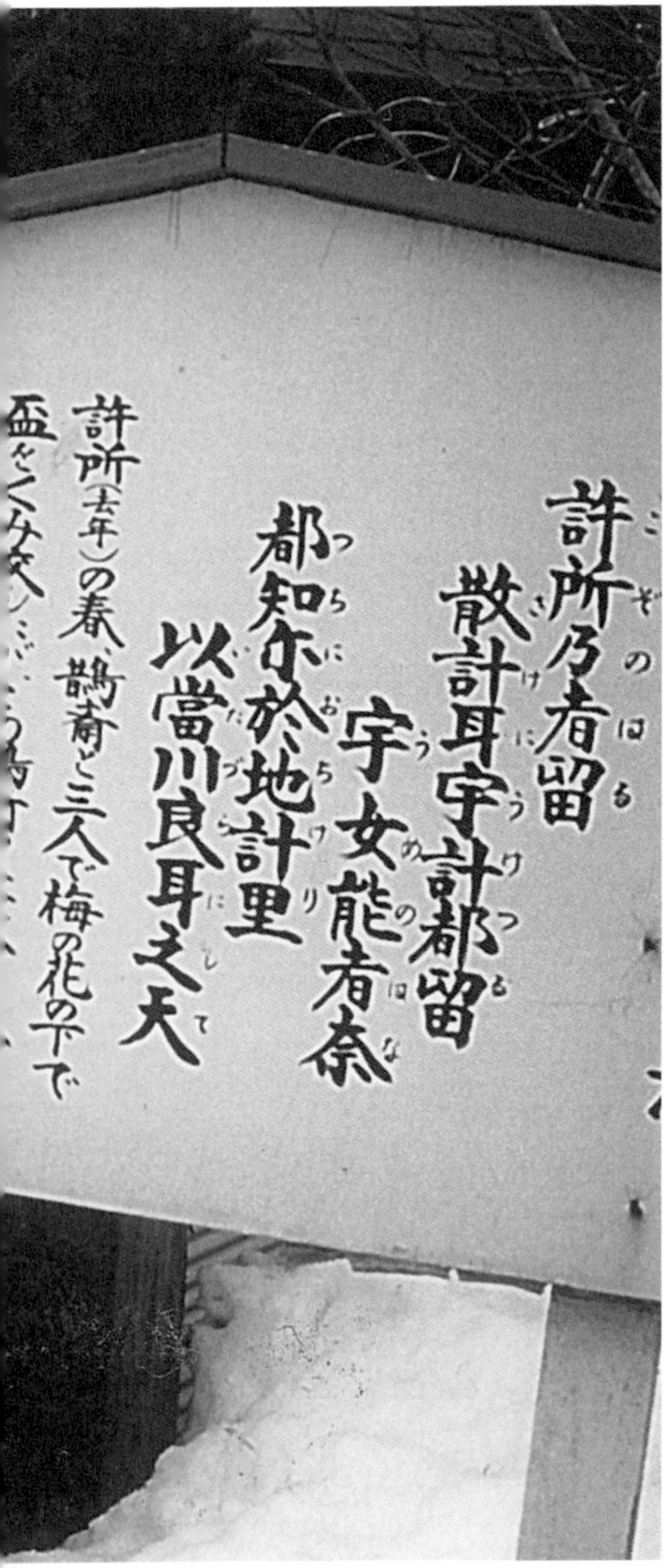

その上《かみ》は酒に浮《う》けつる梅の花
土に落ちけりいたづらにして

その昔は、杯の酒に浮かべて楽しんだ梅の花なのに、
きょう来てみると、むなしく土の上に散り落ちていることよ。

※その上《かみ》——昔、あのころ
※移転した医師の原田鵲斎《じゃくさい》家跡で詠んだ歌

分水町真木山　原田家跡の良寛歌碑

あづさ弓春も春とも思ほえず
過ぎにし子らがことを思へば

今は春なのに、とても春だとは思われない。
亡くなってしまった多くの子供たちのことを思うと。

※詞書に「去年《こぞ》は疱そうにて子供さはにうせにたりけり　世の中の親の心に代はりて詠める」とある
※あづさ弓——「春」の枕詞

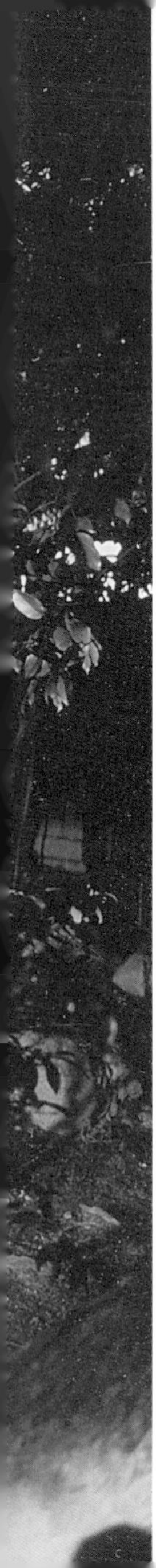

分水町中島　原田家茶室
（良寛在世当時のもの）

出雲崎町良寛記念館　良寛と子どもの像

人の子の遊ぶを見ればにはたづみ
流るる涙とどめかねつも

よその家の子供が元気で遊んでいるのを見ると、
亡くなった自分の子供のことが思い出されて、
流れる涙をおさえることができないことよ。

※良寛が、子供を亡くした親に代わって詠んだ歌
※にはたづみ――「流る」の枕詞

この里に往《ゆ》き来《き》の人はさはにあれども
さすたけの君しまさねば寂《さび》しかりけり

この里に往ったり来たりする人は
たくさんいるが、あなたの姿はもう見えない。
この世にあなたがおられないので、まことに寂しいことよ。

※詞書に「左一がみまかりしころ」とある。正しくは「左市」で、当時越後屈指の豪商、与板町の回船問屋・大坂屋三輪家五代多仲長旧の末弟で、若い時から良寛と交流があったらしい
※さすたけの――「君」の枕詞

与板町 三輪家別荘楽山苑

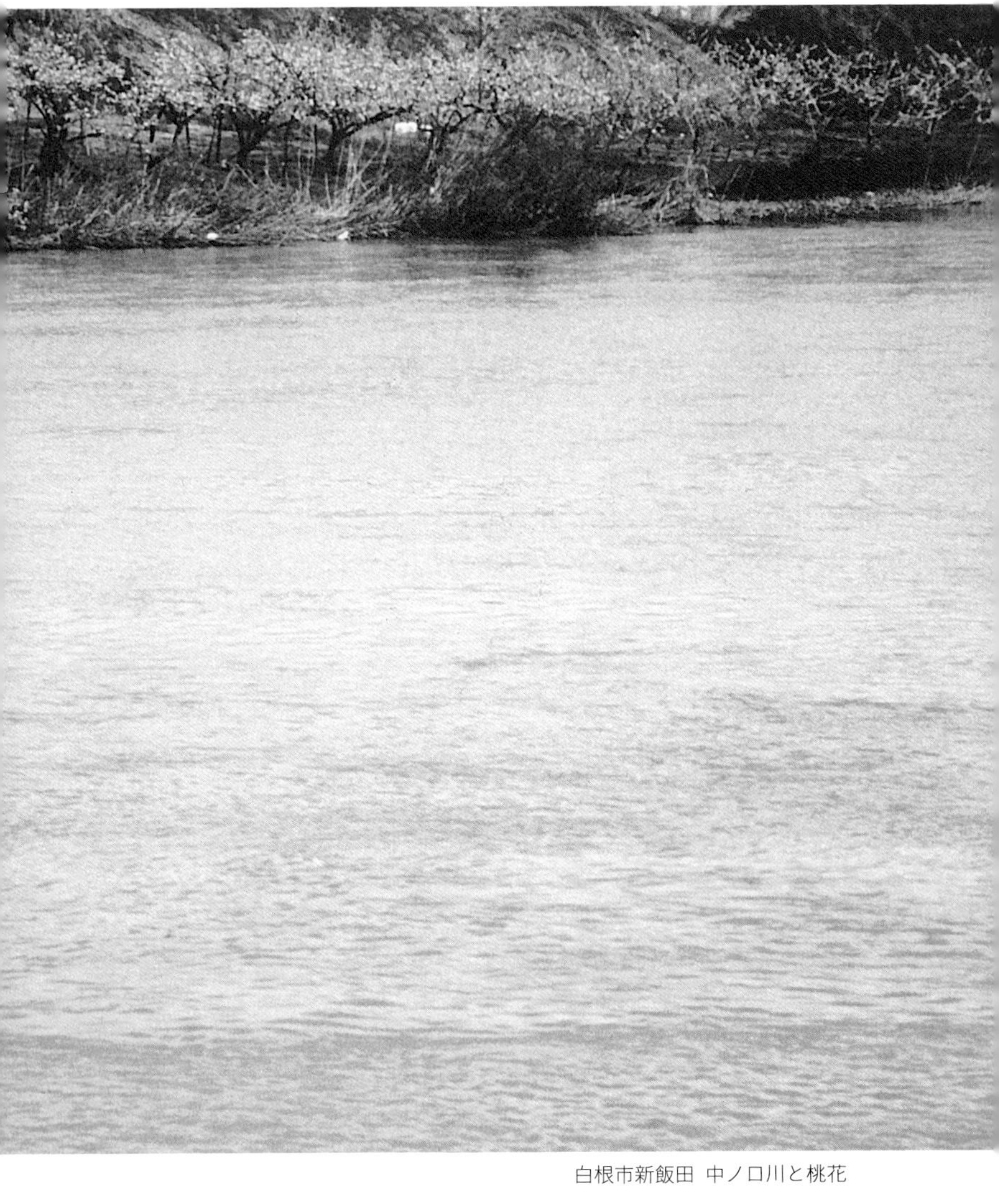

白根市新飯田 中ノ口川と桃花

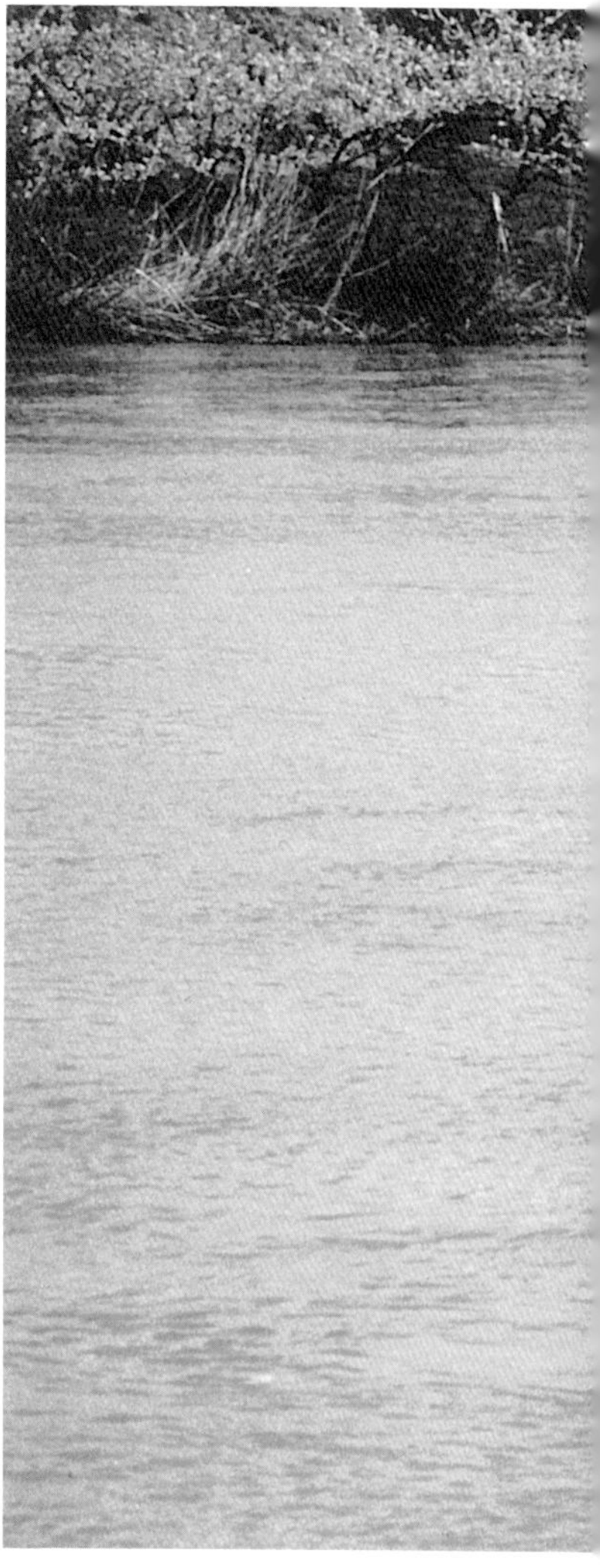

この里の桃の盛りに来て見れば
流れにうつる花のくれなゐ

この村里に咲く、桃の花の盛りに来あわせたところ、
その美しい花の紅色が、藍《あい》をとかしたような
大河の流れに映って、まことにみごとなことよ。

※この里——現白根市新飯田《にいだ》、桃林で名高い
※流れ——以前集落の西南を流れていた信濃川の本流

たらちねの母が形見と朝夕に
佐渡《さど》の島べをうち見つるかも

優しかった母の形見と思って、朝につけ夕につけ、わたしは母のふるさと佐渡の島を眺めやったことよ。

※たらちねの――「母」の枕詞

出雲崎町 良寛堂（良寛の生家跡）

古《いにし》へに変はらぬものは荒磯海《ありそみ》と
向かひに見ゆる佐渡《さど》の島なり

はるか遠い昔から変わらないものは、
ふるさとの岩の多い海べと、沖の向こうに見える佐渡の島影である。

※荒磯海《ありそみ》――岩の多い海辺

出雲崎から佐渡を望む

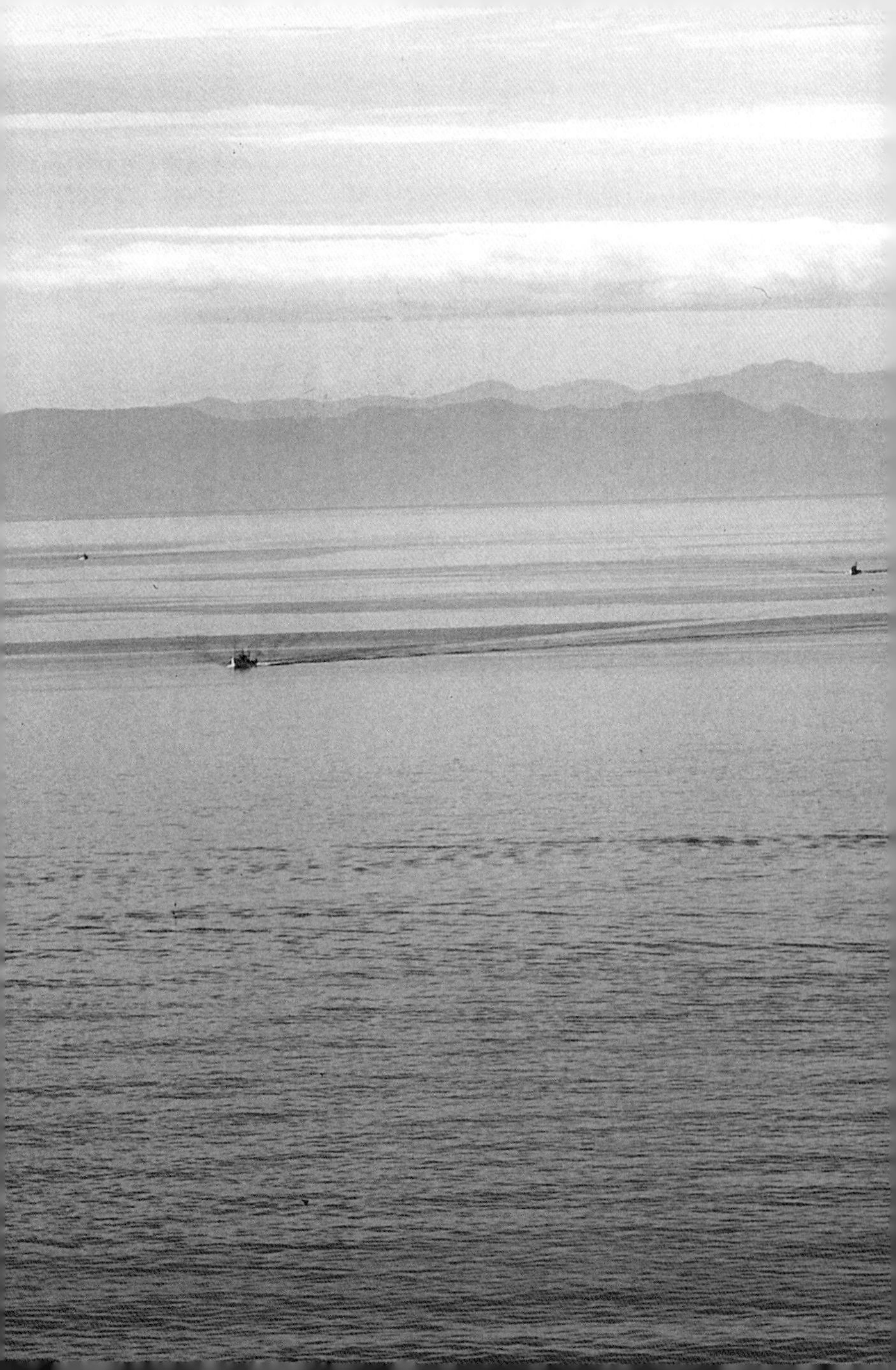

草の庵《いほ》に足さしのべて小山田《をやまだ》の
かはづの声を聞かくしよしも

草ぶきの粗末な庵で思いきり足をさし伸ばし、山あいの田に鳴くかえるの声を聞くのは、まことに楽しいことよ。

※よしも――「よし」は快い、楽しい。「も」は詠嘆の終助詞

山田の畔塗り（分水町国上）

神馬藻《じんばそ》に酒に山葵《わさび》に賜《たまは》るは
春は寂しくあらせじとなり

神馬藻に、酒やわさびを
くださったのは、一人住まいで迎えた正月の食卓を、
さびしくないようにとの、あなたの温かいお心づかいによるものだ。

※神馬藻——海藻の名で、ほんだわら、なのりそ、などといい、新年の飾りとし、また食用とする

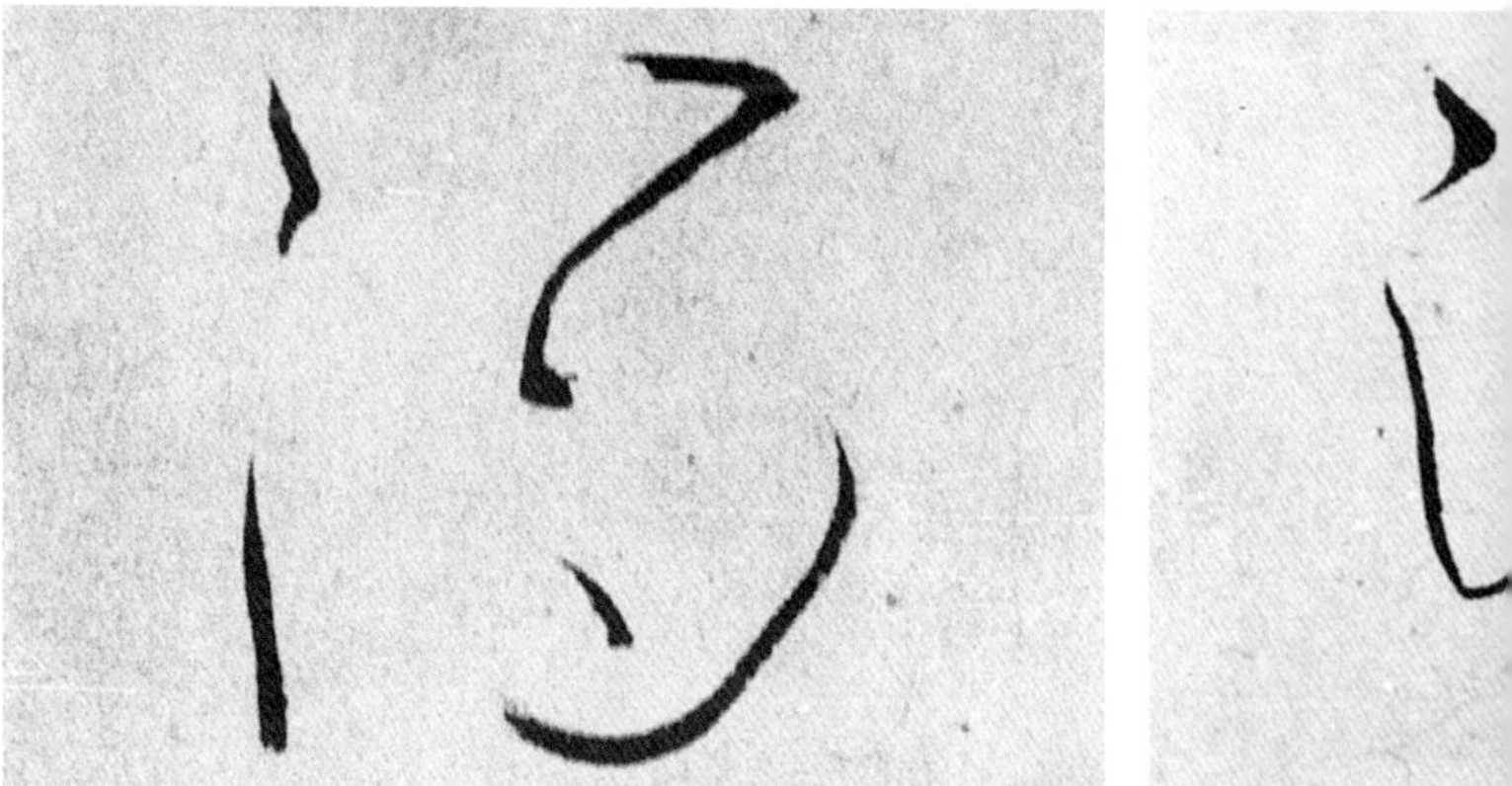

「酒」の字は２点とも良寛書

さすたけの君がすすむるうま酒に
我《われ》酔《ゑ》ひにけりそのうま酒に

あなたがすすめてくれる
おいしいお酒に、わたしはすっかり
酔ってしまったよ、そのおいしいお酒に。

※さすたけの――「君」の枕詞
※「君」は阿部定珍

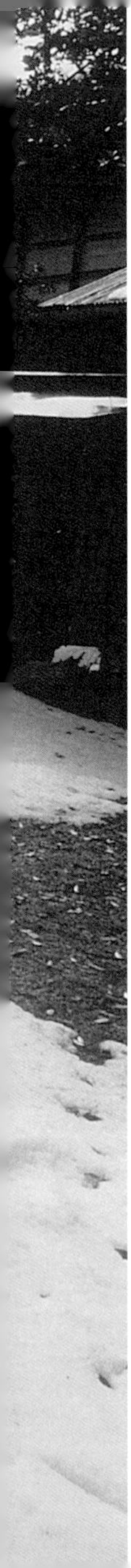

分水町渡部　旧阿部家

良寛遺愛の手まり

霞《かすみ》立つ永き春日《はるひ》を子供らと
手毬《てまり》つきつつこの日暮らしつ

長くなった春の日を、子供たちと手毬をつきながら、
この一日遊び暮らしてしまった。

※霞立つ——霞がかかる、または「春日《かすが》」の枕詞

子供らと手たづさはりて春の野に
若菜を摘めば楽しくあるかな

子供たちと手を取り合い、春の野に出かけて
若菜を摘むと、まことに楽しく感じられることよ。

※たづさはり——手を取り合って共に行く

春の野に若菜摘みつつ雉子《きじ》の声
聞けば昔の思ほゆらくに

春の野に出て若菜を摘みながら、雉《きじ》の声を聞くと、
昔のことがしみじみと思い出されてくることよ。

分水町　大河津分水堤防

足引《あしびき》の此《この》山里の夕月夜《ゆふづくよ》
ほのかに見るは梅の花かも

この山あいの村里にやって来て、月のかすむ夕方、
ほんのりと梅の花の咲いているのを見ることよ。

※足引の――「山」の枕詞

あしびきの片《かた》山かげの夕月夜《ゆふづくよ》
ほのかに見ゆる山梨《やまなし》の花

山の上に淡く月の照る夕、片側の山陰道を通ってくると、月の光に
ほんのりと白く浮き出て山梨の花が見えることよ。

※片山かげ――片側だけが山になっているその陰
※山梨――犬梨。枝にとげがあり、春白い花が群がり咲く。実は梨に似るが食用にならない

梅《うめ》が枝《え》に花ふみ散らす鶯《うぐひす》の
鳴く声聞けば春かたまけぬ

梅の枝に花を踏み荒らして鳴く鶯の声を聞くと、
いよいよ春がやって来たという思いがすることだ。

※かたまけ——その時節になる

倉敷市玉島　円通寺で

道の辺《べ》に菫《すみれ》摘みつつ鉢《はち》の子を
忘れてぞ来《こ》しその鉢の子を

道ばたで、すみれの花を摘み摘みしているうちに、
だいじな鉢の子を、置き忘れてしまったことだ。
だいじなその鉢の子を。

※鉢の子——僧が托鉢をする時に米や銭を入れてもらう器、応量器

むらぎもの心はなぎぬ永き日に
これのみ園の林を見れば

自分の心はいつしかのどかに和らいできた。
永い春の日にここのお庭の林を眺めていると。

※むらぎもの――「心」の枕詞
※なぎ――和らぐ

分水町渡部　現在の阿部家の庭

むらぎもの心楽しも春の日に
鳥のむらがり遊ぶを見れば

ほんとうに心楽しく感じられるなあ、
のどかな春の日となり、多くの鳥がむらがって遊んでいるのを見ると。

※むらぎもの――「心」の枕詞

白根市新飯田の春

春の野のかすめる中を我が来れば
遠方《をちかた》里に駒ぞいななく

春の野にかすみがたなびいている中を、
自分が歩いて来ると、かなたの村里では
馬が声高く勇んで鳴くことだよ。

薪《たきぎ》こり此《こ》の山陰に斧《をの》とりて
いくたびか聞く鶯《うぐひす》の声

薪《たきぎ》にするため、この山かげで斧をふるって、木を切っているが、手を休めては何回か、鶯の美しい声に耳を傾けることよ。

※こり――「伐《こ》る」の連用形、木を切る

分水町　国上山・山道

夕日に映える佐渡の島影（出雲崎から）

佐渡島の山はかすみの眉《まゆ》ひきて
夕日まばゆき春の海原《うなばら》

佐渡の島の山々には眉ずみで引いたように霞がたなびき、
いま春の日本海に夕日が沈もうとして、海の面は
まぶしいばかりに光り輝いているよ。

青山《あをやま》の木《こ》ぬれたちぐき時鳥《ほととぎす》
鳴く声聞けば春は過ぎけり

青々とした山の木のこずえを飛びくぐって鳴くほととぎすの声を聞くと、確かに春は過ぎたのだと思われることよ。

※木ぬれ——木の枝の先、こずえ
※たちぐき——飛びくぐる

相連れて旅かしつらむ時鳥
合歓《ねぶ》の散るまで声のせざるは

ほととぎすは連れ立って旅をしているのだろうか。ねむの花が散る今頃まで声のしないのは。

※「五月《さつき》過ぐるまで　時鳥の鳴かざりければ」の詞書がある
※合歓——夏、深紅色の小花をつける落葉喬木、ねむの木

長岡市福島町付近

もも鳥の鳴く山里はいつしかも
かはづのこゑとなりにけるかな

春になっていろいろの鳥がさえずるこの山あいの里は、いつの間にか夏も近づいて、かえるの声が大きく聞こえるようになってしまったことよ。

※もも鳥――百鳥で、数多くの鳥

あしびきの山田の田居に鳴く蛙《かはづ》
声のはるけきこの夕べかも

山あいの田の面に鳴くかえるの声が、はるか遠くから慕わしく聞こえてくる、この初夏の夕暮れであることよ。

※田居――田、田の面

五月雨《さみだれ》の晴れ間に出《い》でて眺むれば
青田涼しく風渡るなり

長く降り続いた五月雨もやんで、
その晴れ間に庵から出てあたりを眺めると、
青々とした田の面を渡って風が吹いているのであるよ。

国上山遠望

我が宿の垣根に植ゑし百草《ももくさ》の
花咲く秋は近づきにけり

庵の垣根の下にわたしが植えて置いた
さまざまな草に、花の咲く美しい秋が近づいたことよ。

秋の野に匂ひて咲ける藤袴《ふぢばかま》
折りておくらんその人なしに

秋の野原に美しく咲いている藤ばかまを、
手で折り取って贈ろう、しかしだれといって
定まった人はいないのだがなあ。

※藤袴《ふぢばかま》――秋の七草の一つ。茎や葉に香気があり、小花を多くつける

いざ歌へ我《われ》立ち舞はむひさかたの
今宵《こよひ》の月に寝《い》ねらるべしや

さあ、あなたよ歌いなさい、
私は立って踊ろう。こんなにいい月の宵に
寝ることができようか、いやできはしない。

※ひさかたの――「月」の枕詞

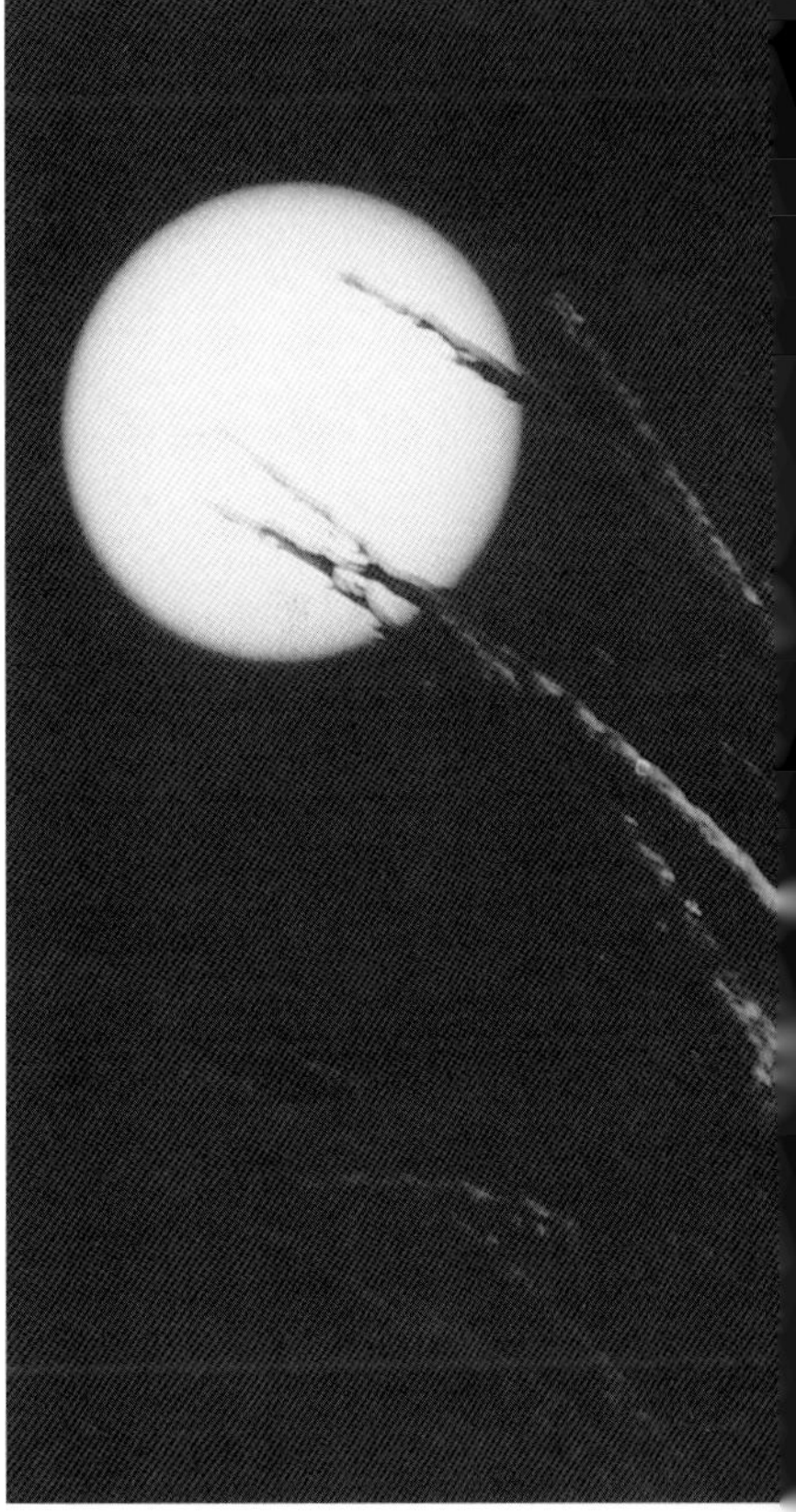

風は清し月はさやけしいざ共に
踊り明かさむ老いの名残りに

吹く風は清らかですがすがしく、月は明るく澄んでいる。
さて皆と一緒に踊り明かすことにしよう。
老年の思い出として。

里辺《べ》には笛や鼓《つづみ》の音すなり
深山《みやま》はさはに松の音して

村里のあたりには、笛や鼓の音がするようだ。しかし、わたしの住む山は、松風の音がしきりに聞こえるばかりである。

※さはに——多く、しきりに

分水町国上　乙子神社参道

さびしさに草の庵《いほり》を出てみれば
稲葉《いなば》おしなみ秋風ぞ吹く

さびしさのあまりに草庵から出て
あたりを眺めると、稲の葉をなびかせて、
田を風が吹き渡るが、それはもう秋の風であることよ。

※おしなみ――なびかせる

岩室村で

秋もやや夜《よ》寒《さ》むになりぬわが門《かど》に
つづれさせてふ虫の声する

秋もしだいに、夜が寒く感じられるようになった。
わたしの家の前に、着物のほころびをつづって、
糸で刺せという虫の声がすることよ。

※やや――しだいに
※つづれさせ――ほころびをつくろって糸で縫え。こおろぎの鳴き声

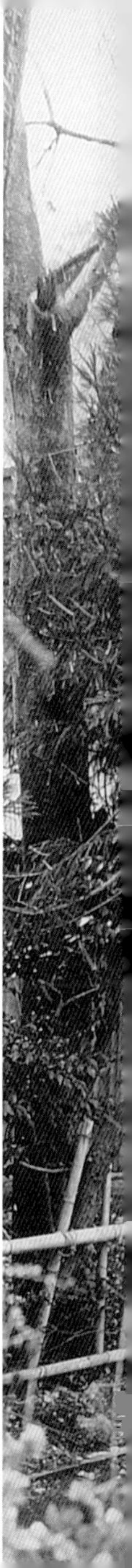
分水町国上

しきたへの枕去らずてきりぎりす
夜《よ》もすがら鳴く枕去らずて

わたしの枕もとを
立ち去ろうともしないで、こおろぎは、
一晩中鳴いていることだ。枕もとを立ち去ろうともしないで。

※しきたへの――「枕」にかかる枕詞
※きりぎりす――今のこおろぎのこと

夜の五合庵

分水町国上　乙子神社

秋もややうら寂しくぞなりにけり
小笹《をざさ》に雨の注ぐを聞けば

秋もしだいに心さびしくなってきたことよ。
笹の葉に雨が降り注ぐ音を聞いていると。

秋の日の光り輝く薄《すすき》の穂
これの高屋《たかや》に登りて見れば

秋の日の光に輝いて見えるすすきの穂よ、
ここの高い家に登ってみると、
ただ一面銀色の光の波であることだ。

※高屋——高い家、二階建ての家か

分水町 夕ぐれの岡

夕霧に遠路《をち》の里辺は埋《うづ》もれぬ
杉立つ宿に帰るさの道

夕暮れの訪れとともに、
はるかな村里も一面に霧にとざされて
見えなくなってしまった。
杉木立に囲まれた庵へ一人帰る途中で見渡すと。

※遠路《をち》——遠方、かなた
※杉立つ宿——杉木立の下の住まいで、五合庵か
※帰るさ——名詞で、帰る時、帰りがけ

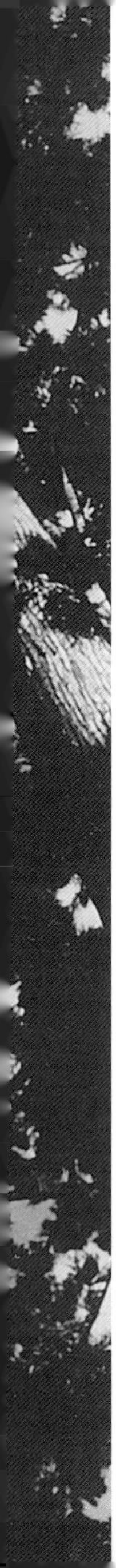

国上山国上寺で

月《つく》よみの光を待ちて帰りませ
君が家路は遠からなくに

やがて出る月の光を待ってお宅へお帰りなさい。
あなたの家までは遠くないのだから。

※月《つく》よみ――月
※なくに――ないのだから
※「君」は阿部定珍

分水町渡部付近

月《つく》よみの光を待ちて帰りませ
山路は栗の毬《いが》の落つれば

月の光が射し出るのを待って、
その明かりを頼りにお帰りなさい。
山道は栗のいがが落ちて危ないので。

夕暮れに国上《くがみ》の山を越えくれば
衣手《ころもで》寒し木《こ》の葉散りつつ

夕暮れに国上《くがみ》の山を越えてくると、
袖を通して何となく寒さが感じられる。
見れば木々の葉がしきりに散ることよ。

※衣手――袖

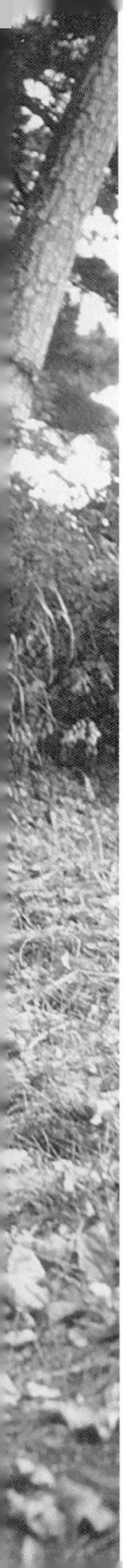

寺泊町　西生寺参道

あしびきの山田の案山子《かかし》汝《なれ》さへも
穂拾ふ鳥を守《も》るてふものを

せまい山あいの田の案山子《かかし》よ、お前までも穂をついばむ鳥から
稲を守るというのに、わたしは人々を守ることもできないでいて、
情けないことだなあ。

※てふ――「という」の転

あしびきの国上《くがみ》の山の山畑《やまばた》に
蒔《ま》きし大根《おほね》ぞあさず食《を》せ君

この国上山の畑に種を蒔いて
育てた大根です。どうか残さずに
十分食べてください、あなたよ。

※あしびきの――「山」の枕詞　※あさず――残さずに
※大根《おほね》――だいこん　※「君」は阿部定珍

分水町での１コマ

岩室村の丸子山の時雨

飯《いひ》乞ふと里にも出《い》でずこの頃《ごろ》は
時雨《しぐれ》の雨の間なくし降れば

村里の家々を托鉢して回ることもしないでいる、
近頃は絶え間なしに時雨が冷たく降るので。

※飯乞ふ――托鉢のこと

やまたづの向かひの岡に小牡鹿《さをしか》立てり
神無月《かみなづき》時雨《しぐれ》の雨に濡れつつ立てり

向かい側の岡に、雄鹿が
身動きもせずに立っている。冬の初めの十月、
時雨の冷たい雨にぬれながら、立ちつくしていることだ。

※山たづの――「向かひ」の枕詞
※神無月――陰暦十月

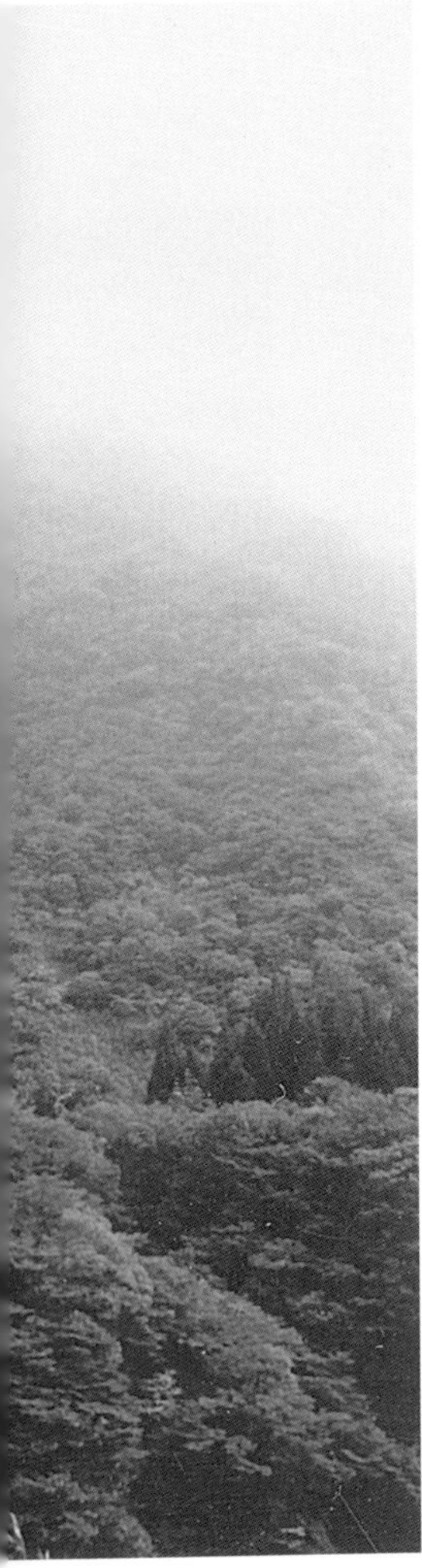

かつては野生の鹿もいた弥彦山系

岩室《いはむろ》の田中に立てる
一つ松の木
今朝見れば時雨の雨に
濡れつつ立てり

岩室の田の中に生えている一本の松の木は、今朝来て見ると時雨の雨に濡れながら立っていることだ。

※岩室――新潟県西蒲原郡岩室村。古くからの温泉地

岩室の一本松

初冬の旧乙子草庵

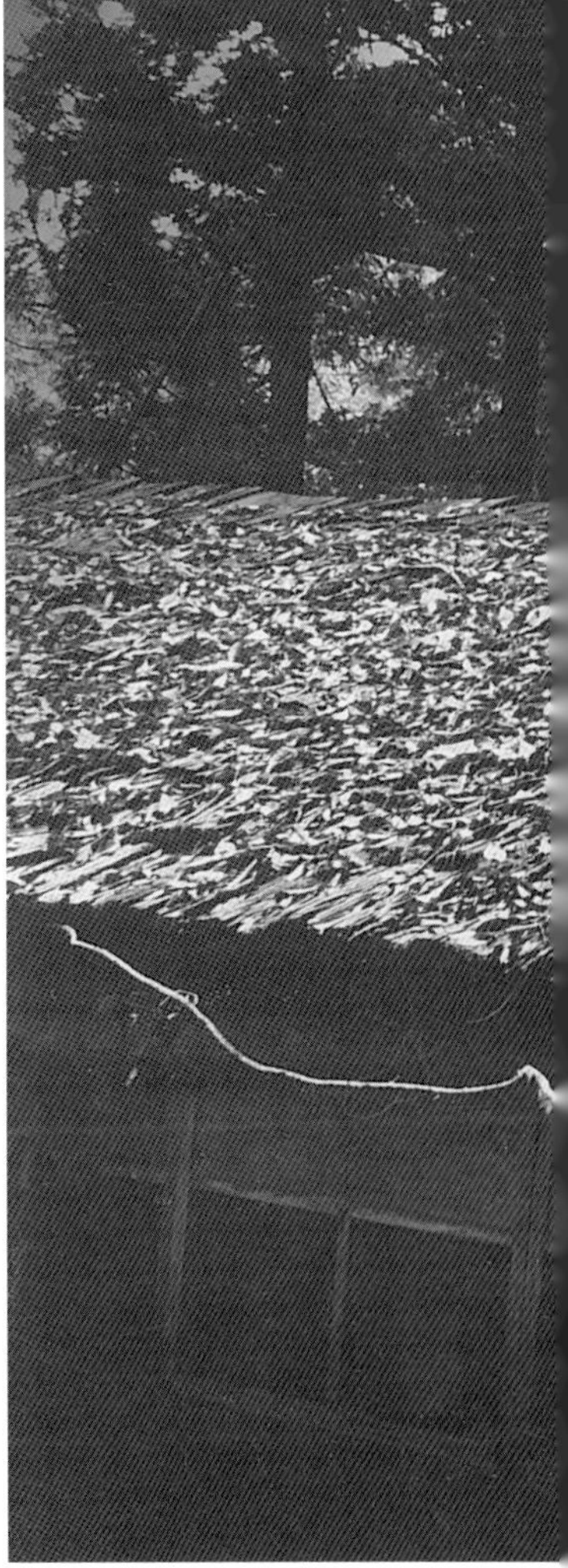

山かげの草の庵《いほり》はいと寒し
柴《しば》を焚《た》きつつ夜を明かしてむ

山かげのこの粗末な草ぶきの家は、まことに寒く感じられる。
柴木を焚きながら、冬の長い夜を明かすことにしよう。

※草の庵——草ぶきの粗末な家

埋《うづ》み火に足さしくべて臥《ふ》せれども
今度《こたび》の寒さ腹《はら》に通りぬ

灰の中の炭火に焼けるほど足を伸ばし近づけて寝ていても、
今夜の寒さは腹の底まで届いてしまうほどつらく感じられる。

※埋み火——灰に埋めた炭火

蒲原の里に本格的な寒波の到来

分水町渡部で

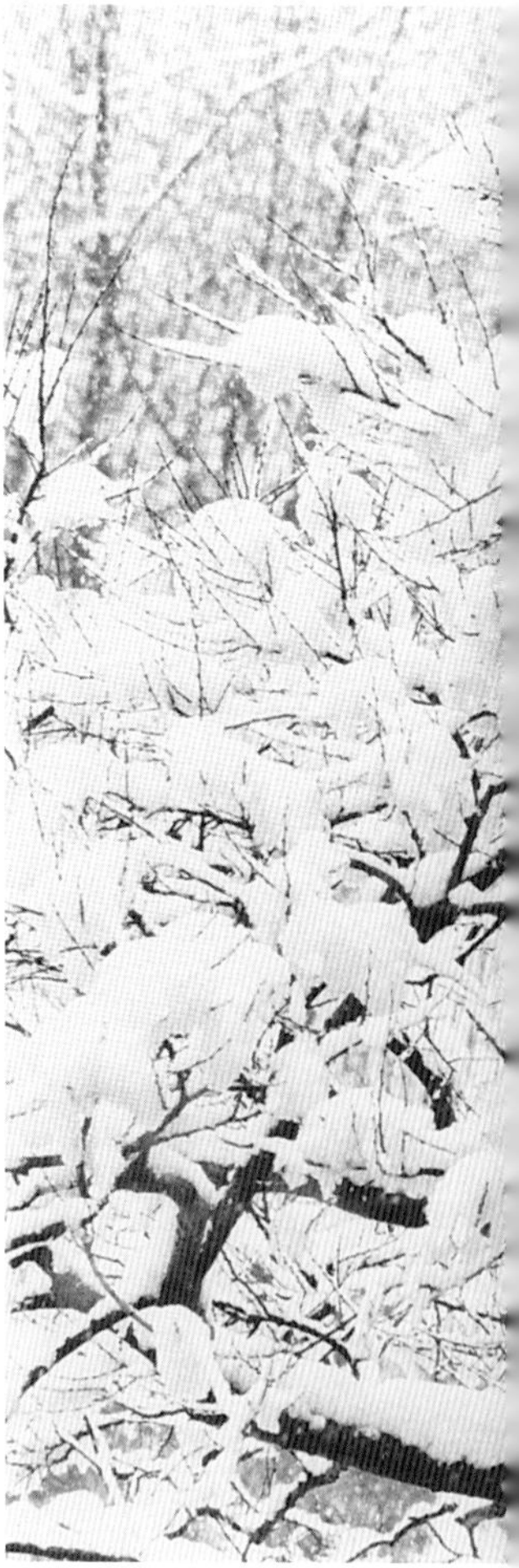

この宮の宮のみ坂に出《い》で立てば
み雪降りけり厳橿《いつかし》が上《へ》に

この社の坂に出て見渡すと、この社のおごそかな橿の木の上に、雪が白く美しく降りかかっていることよ。

※この宮――新潟県西蒲原郡分水町渡部の菅原神社
※厳橿《いつかし》――神社などの境内にある神聖な橿の木

今よりはつぎて白雪積もるらし
道踏みわけて誰《たれ》か訪《と》ふべき

これからは、続いて白雪が積もるにちがいない。
そうすれば誰がこの深い雪を踏みわけて訪ねて
くれようか、いやきっと誰も訪ねてはくれないだろう。

雪の降り積もった国上寺表参道

飯乞ふと里にも出《い》でずなりにけり
昨日《きのふ》も今日《けふ》も雪の降れれば

村里の家々を托鉢しにも出なくなって
しまったなあ。昨日も今日も雪がしきりに降っているので。

山陰《やまかげ》の槇《まき》の板屋に音はせねども
久方の雪の降る夜は著《しる》くぞありける

山かげにある杉の板で葺《ふ》いた庵の屋根に、降る音はしないけれども、雪の降る夜は、その気配でよく分かることよ。

※槇——杉や檜　※板屋——板で葺いた屋根

冬籠もりの季節　雪の旧乙子草庵

何《なに》となく心さやぎて寝《い》ねられず
明日《あした》は春の初めと思《おも》へば

何というわけもなく心が
乱れ騒いで眠れない。明日はいよいよ春の初めの日だと思うと。

※詞書に「あすは元日と云《いふ》夜」とある

雪の乙子草庵　軒のつららも見える

いづくより夜《よる》の夢路《ゆめぢ》をたどり来《こ》し
み山はいまだ雪の深きに

夜の夢の中の道を、どこをどう通ってここまで尋ねて来たのか。
まわりの山はまだ雪が深く積もっているのに。

※「由之を夢に見てさめて」の詞書がある

我《われ》も思ふ君もしか言ふこの庭に
立てる槻《つき》の木まこと古《ふ》りにけり

自分も思っているし、
あなたもそのように言う、
この家の庭に立っている槻の木は、
幾代も経って本当にりっぱであることよ。

※君――阿部定珍のこと
※槻――「けやき」の古名

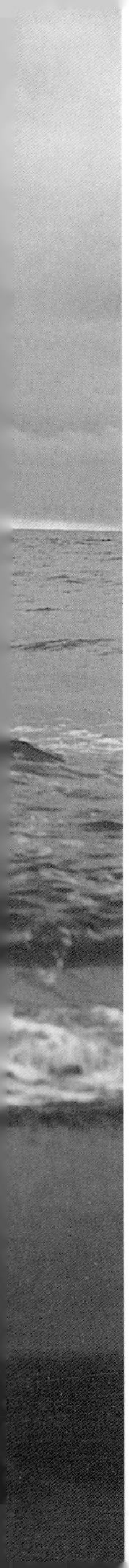

夏草は心のままに茂りけり
我《われ》庵《いほり》せむこれのいほりに

夏の草々は自分の思い通りに茂っていることよ。
その草に埋もれようとしている庵にわたしは仮に住むことにしよう、
この小さな庵に。

※庵せむ——仮に住む

寺泊町郷本の海岸

乙宮《おとみや》の森の下《した》やの静けさに
しばしとてわが杖《つゑ》移しけり

国上山のふもと、乙子《おとこ》神社の森かげがあまり静かなので、しばらくの間、この庵に住もうと思って杖を運んだことだよ。

※乙宮《おとみや》――新潟県西蒲原郡分水町国上の乙子神社

あしびきの岩間《いはま》を伝ふ苔水《こけみづ》の
かすかに我はすみ渡るかも

岩間の苔を伝わって流れる水が澄み渡るように、
わたしはひっそりとこの世に住み続けていることよ。

※すみ――「住み」と「澄み」の掛詞

大丈夫《ますらを》や伴泣《ともな》きせじと思へども
煙見る時むせかへりつつ

強く勇ましい男子たるもの、共に泣くことはしまいと思うけれども、火葬場に立ちあがる煙を見る時、思わず涙があふれてむせび泣かずにはいられないことよ。

※大丈夫――強く勇ましい男子
※伴泣き――一緒に泣くこと
※煙――火葬の時のけむり

穭《ひつじ》田の稲わら焼き（分水町国上）

夏山を越えて鳴くなる時鳥《ほととぎす》
声のはるけきこの夕べかな

夏山を越えて時鳥が鳴いて行くらしい。
この夕べに亡き人を偲んでいると、
声がはるか遠くまで響いていくことよ。

※大島本に、題が「光枝大人《うし》の身まかりし頃、時鳥をききて」とある

たまきはる命《いのち》死なねばこの園の
花咲く春に逢ひにけらしも

わたしの命がまだ保たれていたので、
この家の庭に美しく花咲く春にめぐり逢うことができたことよ。

※たまきはる――「命」の枕詞
※園――庭。ここでは阿部定珍家の庭

この園の梅《むめ》の盛りとなりにけり
わが老いらくの時にあたりて

この家の庭に咲く梅の花が今盛りになったことよ。
わたしが年老いてきた、この時にあたって。

※この園――不明。阿部定珍家か
※老いらく――年老いてゆくこと。老年

この宮の森の木下《こした》に子供らと
遊ぶ春日《はるひ》は暮れずともよし

この宮の森の木かげで、子供たちと楽しく遊ぶ
春の日は、どうか暮れないでいてほしいものだ。

三条 八幡宮

寺泊町野積で

あしびきの山田の小父《をぢ》がひめもすに
い行きかへらひ水運ぶ見ゆ

山の田で働く老人が、一日中、坂道を行ったり来たりして、田に水を運んでいる姿が見えることよ。

※小父《をぢ》――年寄り
※ひめもす――ひねもす、一日中

水や汲まむ薪《たきぎ》や伐《こ》らむ菜《な》や摘まむ
秋の時雨《しぐれ》の降らぬその間《ま》に

水を汲もうか、薪を切ろうか、
それとも菜を摘もうか、秋の時雨がやんでいるわずかの間に。

あわ雪の中に立ちたる三千大千世界《みちおほち》
またその中にあわ雪ぞ降る

あわのように柔らかく消えやすい雪が
乱れ降る中に、一大宇宙が現出している。
この一大世界の中に、またあわ雪がすべてを白く埋めて降っている。

※三千大千世界――須弥山《しゅみせん》を中心とした世界が小世界、その千倍が小千世界、その千倍が中千世界、その千倍が大千世界で、この小・中・大の三つを合わせたもの。「みちおほち」は良寛の造語か

いにしへを思へば夢《いめ》かうつつかも
夜は時雨の雨を聞きつつ

こうやって夜、時雨の音を聞きながら、過ぎ去った昔のことを思い返すと、それは夢であったのか、現実であったのか分からなくなることよ。

晩秋の分水町国上の里山風景

いかにして誠《まこと》の道にかなひなむ
千歳《ちとせ》のうちにひと日なりとも

どうにかして仏の教えにかないたいものだ。
たとえ千年のうちのただ一日だけであっても。

※誠の道——仏の道。人としてめざすべき道

良寛托鉢像　和島村島崎　隆泉寺

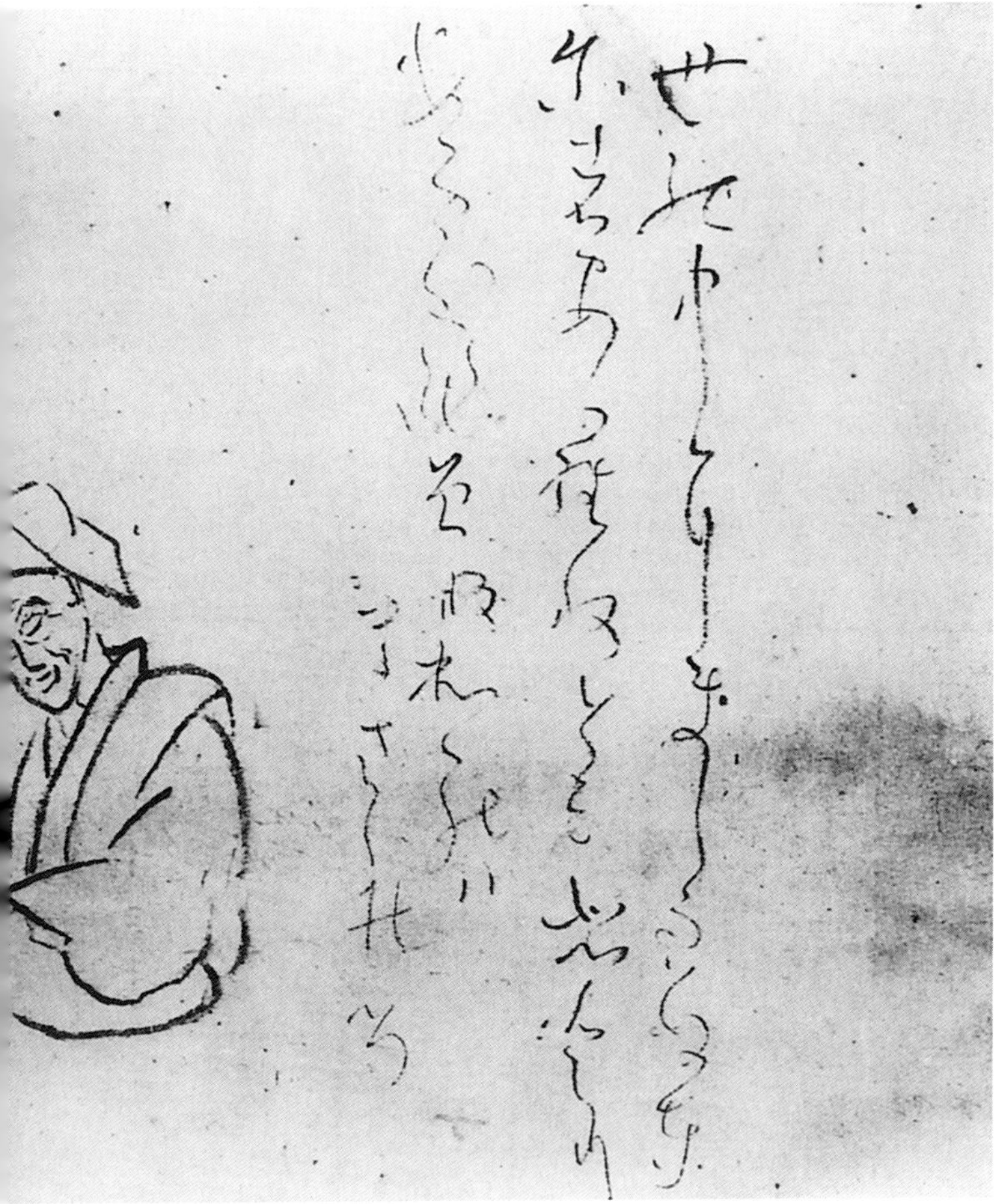

「燈下読書図」良寛画賛

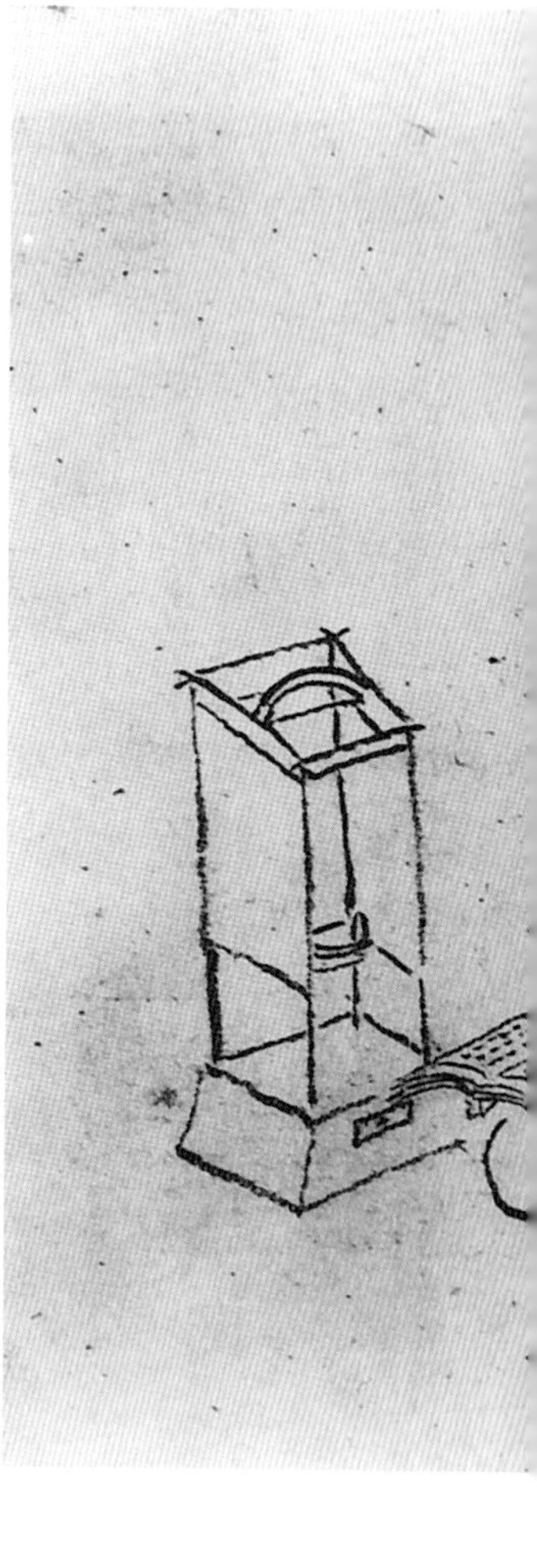

世の中にまじらぬとにはあらねども
ひとり遊びぞ我《われ》は勝《まさ》れる

世の中の人々と、付き合わないというのではないが、一人で詩歌や書にふけるほうが自分にとっては、ふさわしく好ましいのである。

※ひとり遊び――閑居自適というよりも、良寛にとっては詩歌、管絃、書、読書ととれる

老いの身のあはれを誰《たれ》に語らまし
杖を忘れて帰る夕暮れ

年老いたわが身のあわれさを、だれに語ったらよいだろう。
杖を置き忘れて庵へ帰るこの夕暮れのわびしさに。

※まし——決断しかねる意の助動詞

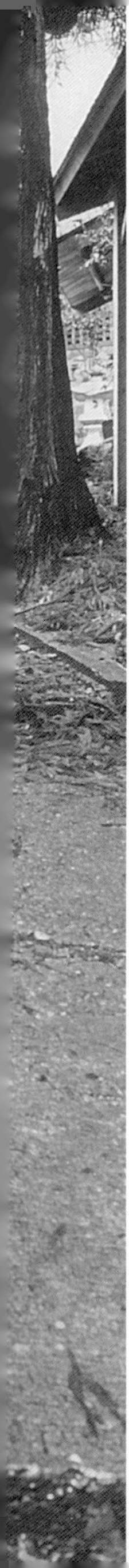

乙子神社参道

鉢の子にすみれたむぽぽこき混《ま》ぜて
三世《みよ》のほとけに奉《たてまつ》りてな

鉢の子にすみれやたんぽぽを混ぜ入れて、
三世にわたる仏様にさしあげたいものだ。

※三世——過去・現在・未来の三世

大日如来像（国上山本覚院ご本尊）

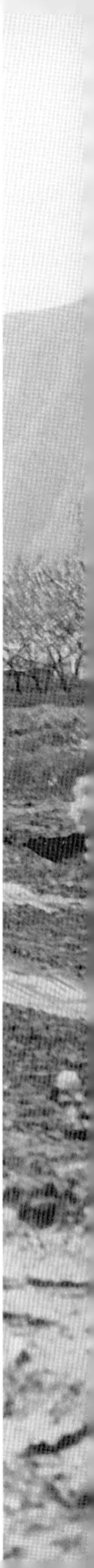

白根市新飯田の春景色

飯乞ふとわが来《こ》しかども春の野に
すみれ摘みつつ時を経《へ》にけり

托鉢のために出かけては来たものの、
春の野に咲くすみれの美しさにひかれ、
思わず長い時間を過ごしたことよ。

来てみればわが故郷《ふるさと》は荒れにけり
庭も籬《まがき》も落葉《おちば》のみして

久しく訪れず今、来てみると、
住みなれた昔の土地は荒れてしまっていることよ。
庭にも低い垣根にも落ち葉が散っているばかりで。

※籬《まがき》——柴や竹などで目を粗く編んだ低い垣根

冬枯れの出雲崎海岸

越《こし》の海野積《のづみ》の浦の海苔《のり》を得《え》ば
わけて賜《たま》はれ今ならずとも

越後の海の野積の海岸でとれる海苔を手にされたならば、分けてお与えください。今でなくてもよろしいから。

※野積《のづみ》――新潟県三島郡寺泊町野積

寺泊町野積海岸

飯乞ふとわが来てみれば萩《はぎ》の花
みぎりしみみに咲きにけらしも

この家へわたしが托鉢に来てみたところ、
萩の花が庭いっぱいに咲いていたことよ。

※みぎり――庭、軒下の石だたみ
※しみみに――よく茂って、すきまなく茂って

行く秋のあはれを誰《たれ》に語らまし
あかざ籠《こ》にれて帰る夕暮れ

過ぎて行く晩秋のもの悲しさを、だれに語ったら分かってもらえるだろうか。あかざを籠に入れて、わびしく庵へ帰るこの夕暮れ時に。

※あかざ——藜、救荒植物。秋には実やひこばえを食用にする
※れて——「れ」は「入れ」の略

寺泊町の野良道で

月夜《つきよ》にはいも寝《ね》ざりけり大殿の
林のもとに行き帰りつつ

この明るく美しい月夜には、物思いにとらわれ、眠りにつけないなあ。そのため、この尊いお堂の前に茂る林の下を、行ったり来たりすることよ。

※大殿――寺泊町照明寺の観音堂

寺泊町　照明寺本堂

つきてみよ一二三四五六七八九《ひふみよいむなやここ》の十《とを》
十とをさめてまた始まるを

手毬をついてみなさい。
一二三四五六七八九十とつき終えると、
また一二三と始まって限りないように、
仏の教えも限りのないものなのだよ。

※貞心尼の「これぞこの仏の道に遊びつつつくや尽きせぬ御法《みのり》なるらむ」に答えた歌

原田家茶室で

白妙《しろたへ》の衣手《ころもで》寒し秋の夜の
月なかぞらに澄みわたるかも

袖のあたりが寒いのに驚かされて、
ふと外を眺めると、秋の夜空に月が明るく澄み切って見えることよ。

※白妙の——「衣」の枕詞　※衣手——袖
※貞心尼との初対面のときの唱和歌で「いとねもごろなる道の物がたりに夜もふけぬれば、師」の詞書がある

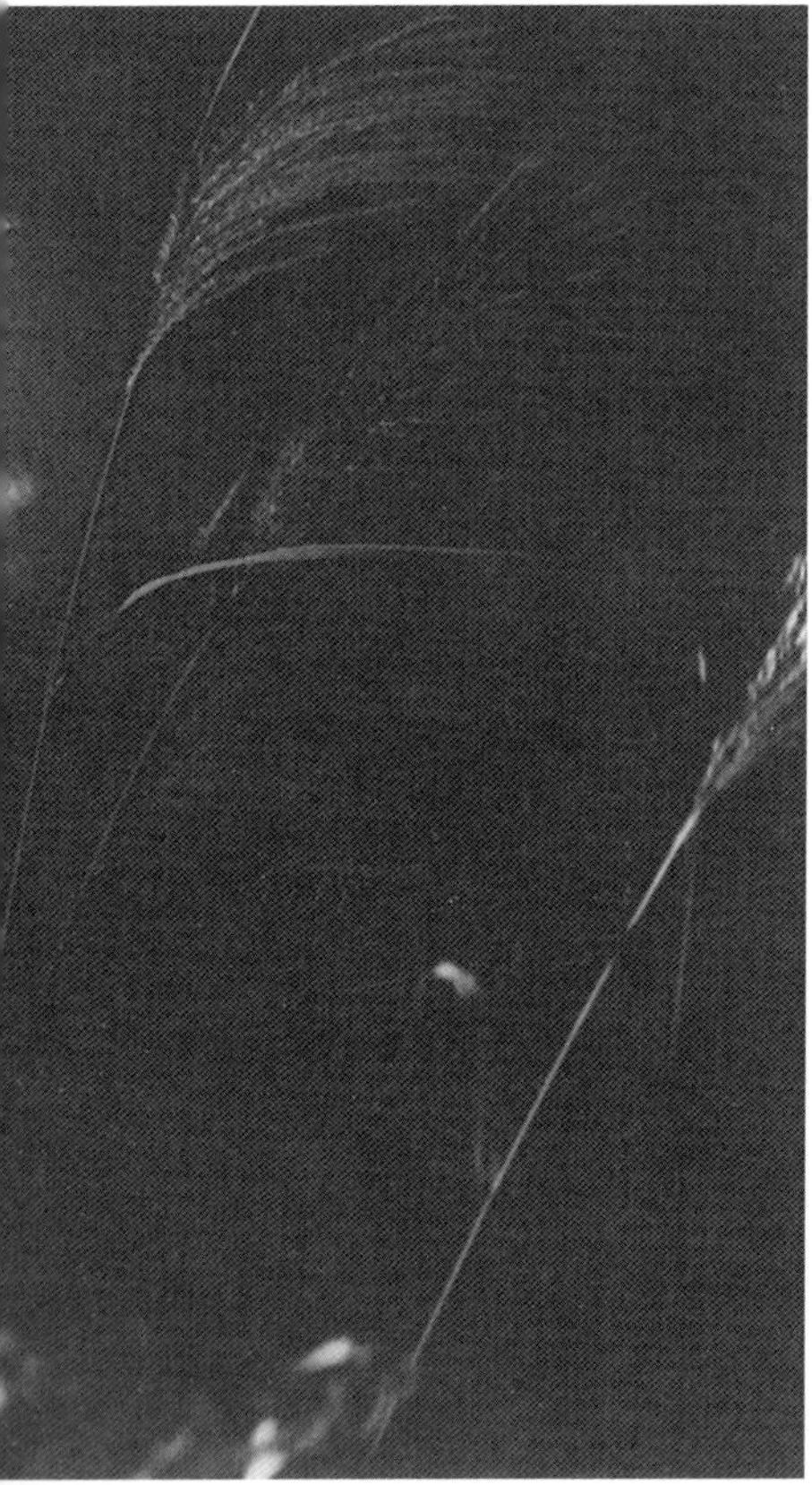

またも来《こ》よ柴の庵《いほり》をいとはずば
薄尾花《すすきをばな》の露を分けわけ

また来てください。このような粗末な庵をいやに思わなければ、薄の葉や花にたまった露を、手で分けながら。

※柴の庵――粗末な庵　※貞心尼に与えた歌

君や忘る道や隠《かく》るるこのごろは
待てど暮らせどおとづれのなき

あなたがわたしのことを忘れたのか、
草のために道が隠れてしまったのか、
近頃はいくら待ち暮らしていても、何の知らせもないことだ。

※おとづれ――知らせ、手紙
※貞心尼の来訪をうながした歌

貞心尼の墓　柏崎市常盤台洞雲寺裏山

塩《しほ》之《の》入《り》の坂は名のみになりにけり
行く人しぬべよろづ世までに

塩之入峠の坂が険しいというのは、
うわさだけになったことよ。その坂道を行く人は、通りやすく
つくり直してくれた方のことを、いつまでもありがたく思い顧みなさい。

※塩之入の坂——与板町と和島村の境にある峠、由之の住む与板と良寛の住む島崎の間にある

与板町 塩入峠旧道

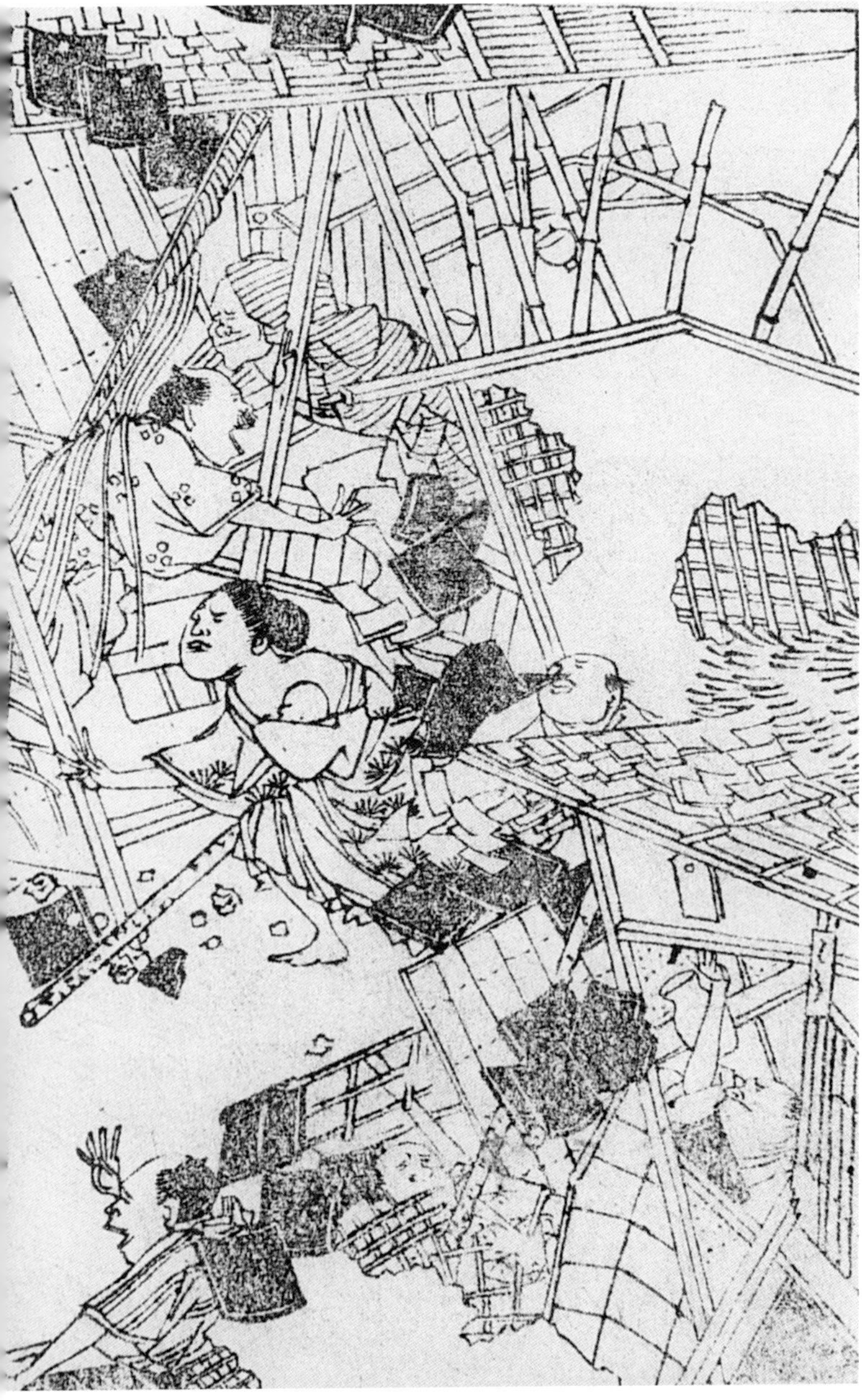

三条大地震「懲震毖録」より

うちつけに死なば死なずて永《なが》らへて
かかる憂《う》き目を見るがわびしさ

だしぬけに死んだらよかったのに、
なまじ死なずに生きながらえて、
このようなつらい目を
見ることが、苦しい。

※文政十一年の三条大地震の感慨
※うちつけに——突然に、だしぬけに

天《あめ》が下に満つる玉より黄金《こがね》より
春の初めの君がおとづれ

この世の中に、満ちあふれるほどの
玉や黄金よりもありがたく、うれしいものは、
あなたから届いた春の初めの便りであることよ。

※おとづれ――訪問、便り
※貞心尼に与えた歌

弥彦村 ハサ木のある風景

世の中に恋《こほ》しきものは浜辺なる
栄螺《さざえ》の殻《から》の蓋《ふた》にぞありける

この世の中で何よりも恋しいものは、
浜辺にあるさざえの殻のあの蓋であるよ。

※目薬を入れる壷の蓋にするため、由之に栄螺の殻の蓋を探してもらったもの

寺泊町野積海岸　冬景

手を折りてかき数ふればあづさ弓
春は半ばになりにけらしも

手の指を折って数えてみると、いつの間にか今年の春も
半ばになってしまったことよ。

※あづさ弓――「春」の枕詞

白根市新飯田

あすよりの後《のち》のよすがはいさ知らず
今日《けふ》の一日《ひと》は酔《ゑ》ひにけらしも

明日から後の生きる手だては、さあどうだか
分からないが、今日の一日は、すっかり酔ってしまったことだなあ。

※よすが――手段、方法

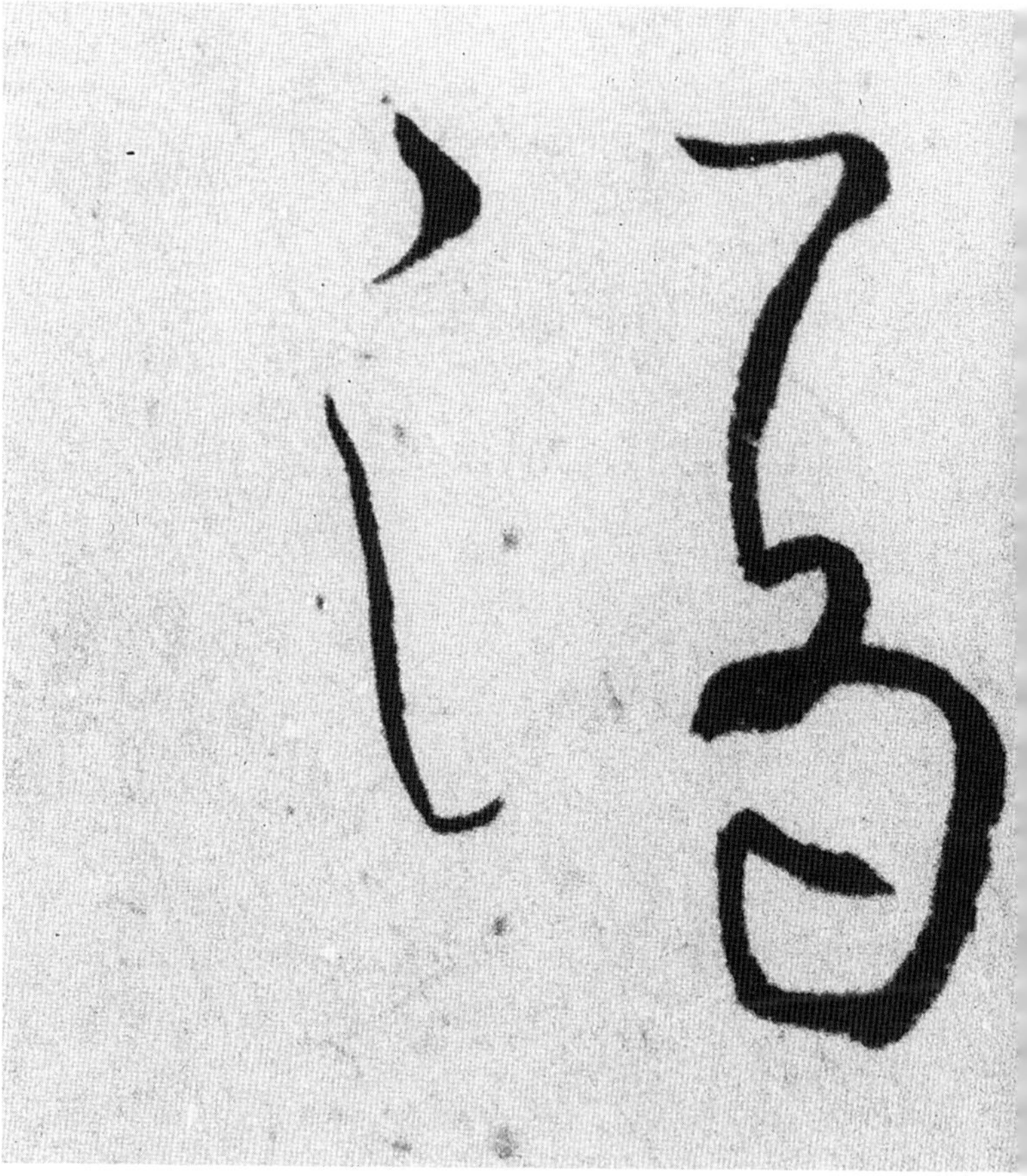

「酒」良寛書

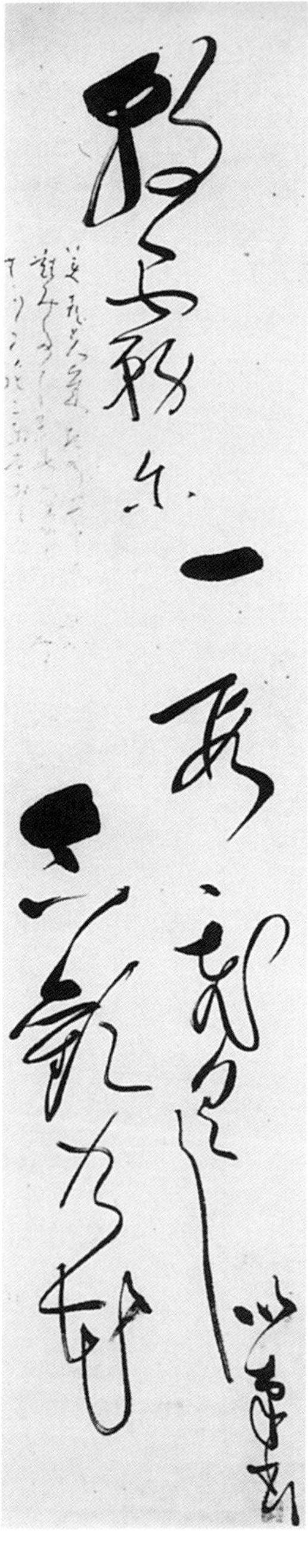

「朝霧に一段低しねむの花」 父以南 辞世の句に良寛書の歌

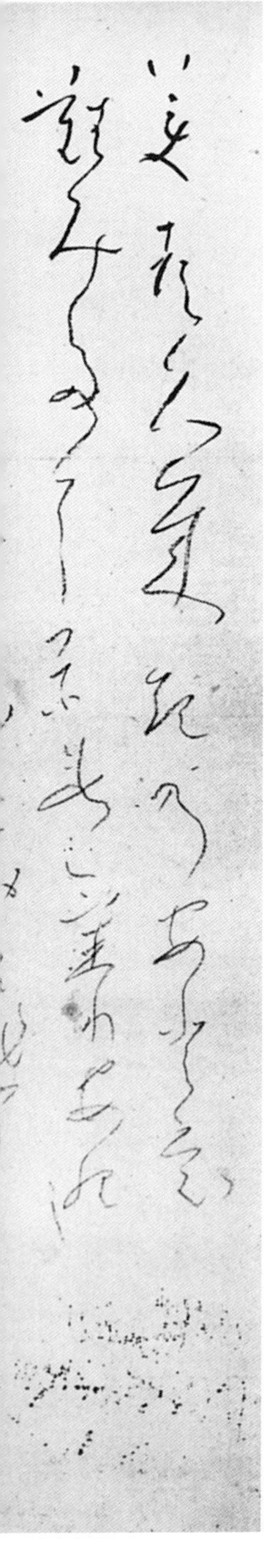

良寛歌部分拡大

みづぐきの跡も涙にかすみけり
在りし昔のことを思へば

父の書かれたものも、涙のためにかすんでくることよ。
生前の昔のことを思い出して。

※みづぐきの跡――筆跡。詞書に「父の書けるものを見て」とある。

形見とて何か残さむ春は花
山ほととぎす秋はもみぢ葉

わたしの亡くなった後の思い出の品として、何を残したらよいだろう。春は花、夏はほととぎす、秋はもみじ葉であるよ。

※由之の「八重菊日記」に「おはせし世によせ子が御形見こひし歌の御かへし」との前書

あはれさはいつはあれども葛《くず》の葉の
うら吹き返す秋の初風

しみじみとした趣は
いつもそうだが、葛の葉を裏返しにして
風が吹く秋の初めは、ことにあわれ深いことよ。

※葛《くず》——山野に自生する蔓草で、秋に赤紫色の花を開く。秋の七草の一つ

今よりは千草《ちぐさ》は植ゑじきりぎりす
汝《な》が鳴く声のいと物憂《ものう》きに

今からは、いろいろの草を植えないことにしよう。
秋も深まって、きりぎりすよ、お前の鳴く声が、
ひどくつらく聞こえるので。

※千草《ちぐさ》――多くの草

分水町国上　乙子神社

秋萩《はぎ》の花の盛りも過ぎにけり
契《ちぎ》りしこともまだ遂《と》げなくに

萩の花が美しく咲く盛りも、過ぎたことよ。
あなたの所へ逢いに行くと約束したことも、
まだ果たしていないのに。

※貞心尼宛の書簡中にある歌
※契り——約束する

夕暮れの岡の松の木人ならば
昔のことを問はましものを

もし、夕暮れの岡に生えている松の木が
人であったならば、昔のことを尋ねてみたであろうに。

※夕暮れの岡――国上山の南、分水町石港にある

分水町石港 夕ぐれの岡

秋の雨の日に日に降るにあしびきの
山田の小父《をぢ》は奥手《おくて》刈るらむ

冷たい秋の雨が、
毎日降り続くのに、
山の間の田で年老いた人は、
奥手の稲を刈っているだろう。

※奥手――おそく実る稲

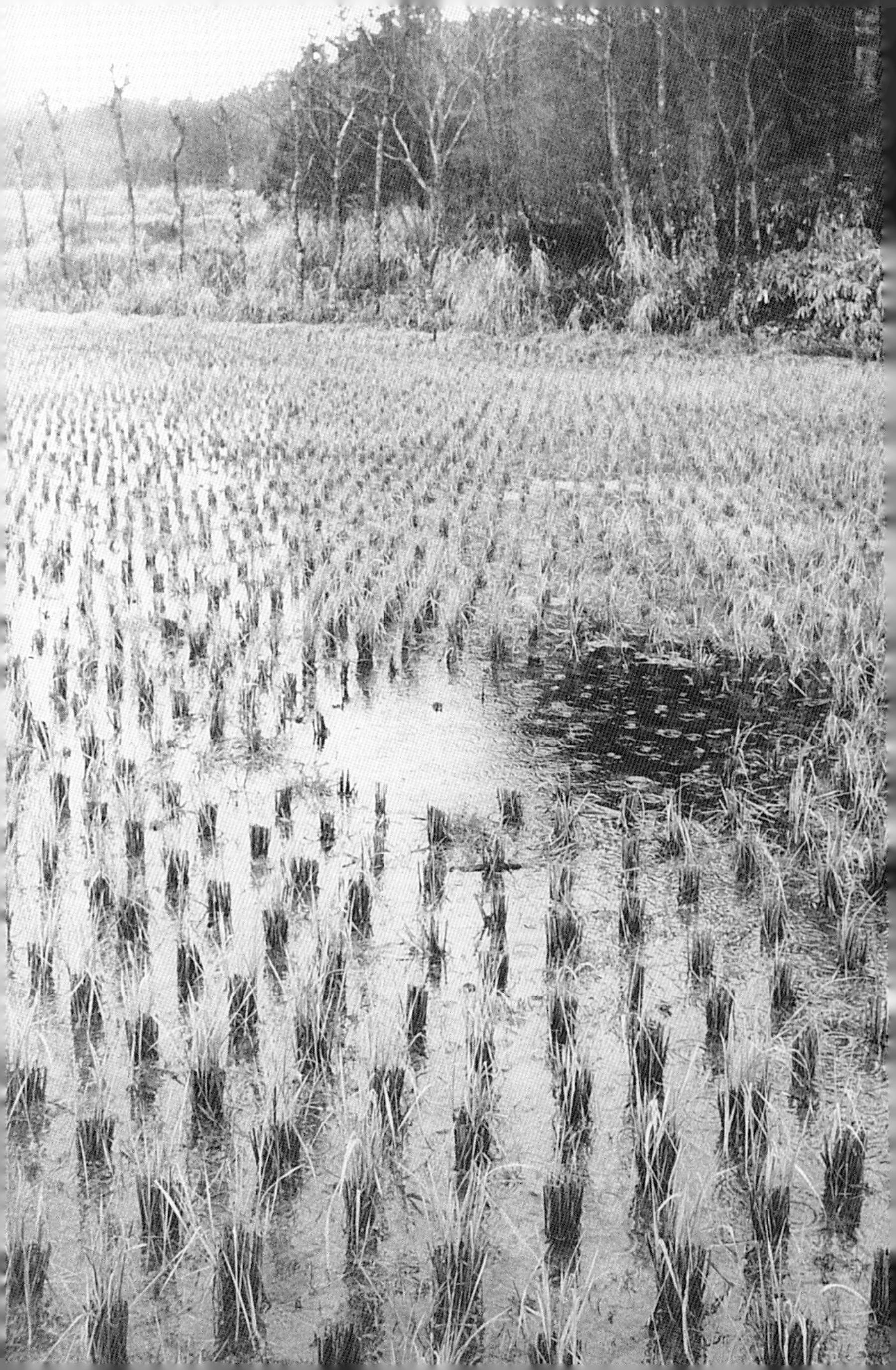

紅《くれなゐ》の七《なな》の宝をもろ手もて
おし戴《いただ》きぬ人のたまもの

紅色の七個の宝のような柘榴《ざくろ》を両手で捧げ持ったことだ。
ありがたい、人からの贈り物であることよ。

※紅の七の宝――七個の柘榴。新津の桂時子からの贈り物

あづさゆみ春になりなば草の庵《いほ》を
とく出て来ませ逢ひたきものを

暖かな春になったならば、
一日も早く庵を出て、わたしの所へ
訪ねて来てください。お逢いしたくてならないのだからね。

※貞心尼に詠み与えた歌

分水町大河津分水の桜

ぬば玉の夜《よる》はすがらにくそまり明かし
あからひく昼は厠《かはや》に走りあへなくに

暗い夜は、夜通し下痢をして明かし、
明るい昼は厠へ走っても、間に合わないことだなあ。

※ぬば玉の――「夜」の枕詞
※くそまり――大便をする
※すがらに――ずっと
※あからひく――「ひ」の枕詞

寺泊町野積の雪の田

和島村島崎　木村邸良寛庵室跡

いついつと待ちにし人は来たりけり
今は相見て何か思はむ

いつ来るか、いつ来るかと思って待っていた人は、ついにやって来てくれたことよ、今はもうこのように対面できて、何を思おうか、いや思うことは何もない。

※病気の見舞いに訪れた貞心尼に会い、喜びを伝えた歌

うちつけに飯絶《いひた》つとにはあらねども
かつ休《やす》らひて時をし待たむ

だしぬけに、食事をやめたというのではないが、
前もって心や身体を楽にして、死期を待とうと思うのだよ。

※うちつけに――だしぬけに
※かつ――前もって、あらかじめ
※貞心尼の「かひなしと薬も飲まず飯絶ちて、みづから雪の消ゆるをや待つ」に答えた歌

和島村島崎　隆泉寺　良寛の墓

あとがき

ここに収録した良寛の歌百首は恣意的《しいてき》に選んだものでもないし、個人の好みに従って拾い出したものでもない。過去に先達の方々が、良寛の代表作として評釈された中で、多く論評されている歌を選び出したものである。そこでこの百首の短歌は、客観的な良寛の名歌と言えるものである。

良寛には、一三五〇首以上の和歌がある。もちろん長歌には、きわめて勝れたものがある。しかし、われわれが吟唱して味わうには句数が多すぎる。その点短歌は、口ずさむにふさわしい。おそらく良寛は、自作の歌を声に出して唱《うた》っていたものだろう。そこで、その時々に推敲《すいこう》されて類似の歌が多くなった。そのため総数を一四一五首とする考えもある。

これは当時の歌人としては、たいへんな数である。この数は、良寛が歌に対して精進に精進を重ねていた証《あかし》である。

それだけに良寛の歌には、心情がこめられている。移りかわる季節にしろ、人間の喜びや悲しみにしろ、また社会のあり方を嘆く歌にしろ、みな良寛の歌には、まことの心が述べられている。

この良寛のまことの心を、小林新一氏はもののみごとに具象として写し出された。その写真は、良寛を知る糸口ではない。良寛そのものなのである。風のそよぎの絵に、良寛の心のそよぎが示されている。良寛の目にした自然物は、良寛に感動を与えた。それを小林氏のカメラは鋭くかつ的確に把握している。

九十枚に及ぶ写真には、写真家小林氏の鋭い感性と豊かな魂が表現されている。小林氏には、良寛や会津八一の著作が多い。芸術家を語るに、芸術家小林氏は欠かせない。ここに良寛の名歌と現代の輝かしい画面とが一体になって、かおり高い趣が現出した。そこには、今なお残る良寛の息吹きがこもっているのである。

終わりに、芸術性高い本書の出版を許可された考古堂社長柳本雄司氏、ならびに編集に力を注がれた田口晃二氏、角谷輝彦氏に、心からの感謝の意を表する次第である。

谷川　敏朗

つきよには　いもねざりけり……………143
つくよみの　ひかりをまちて…………69·70
つのくにの　たかののおくの……………4
てをりて　かきかぞふれば……………159
〈な行〉
なつくさは　こころのままに……………100
なつやまを　こえてなくなる……………109
なにとなく　こころさやぎて……………94
ぬばたまの　よるはすがらに……………178
〈は行〉
はちのこに　すみれたむぽぽ……………130
はるののに　わかなつみつつ……………28
はるののの　かすめるなかを……………39
ひとのこの　あそぶをみれば……………11
〈ま行〉
ますらをや　ともなきせじと……………106
またもこよ　しばのいほりを……………147
みちのべに　すみれつみつつ……………35
みづぐきの　あともなみだに……………163
みづやくまむ　たきぎやこらむ……………118
むらぎもの　こころたのしも……………38
むらぎもの　こころはなぎぬ……………36
ももとりの　なくやまざとは……………47
〈や行〉
やまかげの　くさのいほりは……………85
やまかげの　まきのいたやに……………93
やまたづの　むかひのをかに……………80
ゆくあきの　あはれをたれに……………141
ゆふぎりに　をちのさとべは……………66
ゆふぐれに　くがみのやまを……………72
ゆふぐれの　をかのまつのき……………170
よのなかに　こほしきものは……………156
よのなかに　まじらぬとには……………127
〈わ行〉
わがやどの　かきねにうゑし……………50
われもおもふ　きみもしかいふ……………98

うちつけに　いひたつとには ……………182
うちつけに　しなばしなずて ……………153
うづみびに　あしさしくべて …………… 86
うめがえに　はなふみちらす …………… 32
おいのみの　あはれをたれに ……………128
おとみやの　もりのしたやの ……………103
〈か行〉
かすみたつ　ながきはるひを …………… 27
かぜはきよし　つきはさやけし …………… 53
かたみとて　なにかのこさむ ……………164
きてみれば　わがふるさとは ……………134
きみやわする　みちやかくるる ……………148
くさのいほに　あしさしのべて …………… 21
くれなゐの　ななのたからを ……………175
こしのうみ　のづみのうらの ……………136
こどもらと　てたづさはりて …………… 28
このさとに　ゆききのひとは …………… 12
このさとの　もものさかりに …………… 15
このそのの　むめのさかりと ……………113
このみやの　みやのみさかに …………… 89
このみやの　もりのこしたに ……………114
〈さ行〉
さすたけの　きみがすすむる …………… 24
さどしまの　やまはかすみの …………… 43
さとべには　ふえやつづみの …………… 54
さびしさに　くさのいほりを …………… 56
さみだれの　はれまにいでて …………… 48
しきたへの　まくらさらずて …………… 60
しほのりの　さかはなのみに ……………150
しろたへの　ころもでさむし ……………146
じんばそに　さけにわさびに …………… 22
そのかみは　さけにうけつる …………… 6
〈た行〉
たききこり　このやまかげに …………… 40
たまきはる　いのちしなねば ……………110
たらちねの　ははがかたみと …………… 16
つきてみよ　ひふみよいむなや …………144

良寛名歌索引

〈あ行〉

あきのあめの　ひにひにふるに　……172
あきののに　にほひてさける　……51
あきのひの　ひかりかがやく　……64
あきはぎの　はなのさかりも　……169
あきもやや　うらさびしくぞ　……63
あきもやや　よさむになりぬ　……59
あしびきの　いはまをつたふ　……104
あしびきの　かたやまかげの　……31
あしびきの　くがみのやまの　……76
あしびきの　このやまざとの　……31
あしびきの　やまだのかかし　……75
あしびきの　やまだのたゐに　……47
あしびきの　やまだのをぢが　……117
あすよりの　のちのよすがは　……160
あづさゆみ　はるになりなば　……176
あづさゆみ　はるもはるとも　……8
あはれさは　いつはあれども　……166
あひつれて　たびかしつらむ　……44
あめがしたに　みつるたまより　……154
あわゆきの　なかにたちたる　……120
あをやまの　こぬれたちぐき　……44
いかにして　まことのみちに　……124
いざうたへ　われたちまはむ　……52
いついつと　まちにしひとは　……181
いづくより　よるのゆめぢを　……97
いにしへに　かはらぬものは　……18
いにしへを　おもへばいめか　……123
いはむろの　たなかにたてる　……82
いひこふと　さとにもいでず　……79·92
いひこふと　わがきてみれば　……139
いひこふと　わがこしかども　……133
いまよりは　ちぐさはうゑじ　……167
いまよりは　つぎてしらゆき　……90

谷川敏朗（たにかわ　としろう）

一九二九年、新潟県白根市生まれ。

一九五三年、東北大学文学部卒業。宮城・新潟県内の高等学校教諭、新潟大学人文学部非常勤講師、県立新潟女子短期大学講師を歴任。

永年、良寛研究と顕彰に努め、全国良寛会常任理事として精力的に活躍。二〇〇九年逝去。

著書は『良寛の生涯と逸話』『良寛の書簡集』『良寛さまってどんな人』『校注良寛全歌集』など多数。

小林新一（こばやし　しんいち）
一九一七年、福島県伊達郡保原町生まれ。
旧制新潟中学校卒業。写真家・浜谷浩氏に師事。
第一港湾建設局写真部に勤務。新潟の地盤沈下、北朝鮮帰還船を発表、日本写真批評家協会新人賞の候補に選ばれ、一九五八年プロに転向。主に「良寛」と「会津八一」をテーマに全国を駆け回り、
二〇一二年逝去。
著書は『良寛巡礼』『会津八一の旅』、共著に『良寛のふるさと』『良寛の名詩選』『良寛の俳句』など。

良寛の名歌百選　新装版

2016年11月15日

選・解説　谷　川　敏　朗
写　　真　小　林　新　一
発 行 者　柳　本　和　貴
発 行 所　㈱考　古　堂　書　店
〒951-8063　新潟市中央区古町通４番町563
☎025(229)4058　FAX025(224)8654
印 刷 所　㈱第　一　印　刷　所

ISBN978-4-87499-853-3 C0092
★定価はカバーに表示してあります。